LA LECTURE

PROPAGÉE

PAR LES ANIMAUX

FANTAISIE DIDACTIQUE EN VERS

PAR

Eugène DURAND

PRIX : 20 CENTIMES

PARIS

E. DENTU, LIBRAIRE-ÉDITEUR

Palais-Royal, Galerie d'Orléans.

1867.

LA LECTURE

PROPAGÉE

PAR LES ANIMAUX

LA LECTURE

PROPAGÉE

PAR LES ANIMAUX

FANTAISIE DIDACTIQUE EN VERS

PAR

Eugène **DURAND**

PARIS

E. DENTU, LIBRAIRE-ÉDITEUR

Palais-Royal, Galerie d'Orléans.

—

1863

LA LECTURE

PROPAGÉE

PAR LES ANIMAUX

C'est peu qu'en cette forme où l'art l'a compassée,
S'édite et, comme un flot, déborde la pensée,
Si les traits qui la font paraître et subsister,
Pour beaucoup sont encor loin de l'interpréter.
La lettre est, cependant, la conquête féconde
Dont, à son heure, il faut que s'enrichisse un monde.
Que ton souffle l'anime, éloquence, et tu vois
Mille échos faire au loin reconnaître ta voix.
Aux siècles révolus quand survit leur mémoire,
C'est que la lettre y songe et s'intitule : *Histoire*.
Elle a de la science éclairé l'horizon,
Et, sans elle, au berceau vieillirait la raison.
Elle est le souvenir qui console, et, par elle,
Où sont unis les cœurs, l'absence est moins cruelle.
S'il savait par ses dons te plaire, ami lecteur,
Combien s'en ferait gloire ici ton serviteur !

Le jour, au firmament, luit pour toute paupière ;
Mais l'homme intelligent veut aussi sa lumière.
Que tous aient, comme à l'un, part à l'autre bienfait ;
C'est notre utile rêve, on en peut voir l'effet.

Au primaire institut, au libéral collége,
Il n'est, pour être admis, ni rang ni privilége.
Qui, pourtant, n'aimerait qu'un champ plus spacieux
Fût ouvert à l'école, au loisir studieux !
Tout esprit n'admet pas l'éminente culture ;
Mais nous devons à tous souhaiter la lecture.
Et comment ne pas mettre à lire un plus haut prix
Qu'à savoir ce qu'en outre on pense avoir appris ?

L'homme à soustraire au joug de l'ignorance extrême ;
Tel se donne à résoudre à chacun ce problème,
Par qui sera peut-être illustre un cycle humain.
Essayons vers ce but d'aplanir le chemin ;
Et, quel que soit l'obstacle à notre espoir rebelle,
Jusqu'à l'écueil du moins éprouvons notre zèle.
Heureux s'il se découvre, en nos obscurs travaux,
Pour le commun progrès des éléments nouveaux.
Les moyens ? direz-vous. En voici, pour exemple,
Un des plus familiers, car le choix en est ample.

Du trèfle au serpolet promenant leurs moutons,
Des pâtres en bon nombre errent dans nos cantons.

Riches des biens que donne une agreste nature,
D'un pain trempé de lait ils font leur nourriture.
Le corps demande peu ; mais un vide absolu,
A l'endroit de l'esprit, leur fut-il dévolu ?
Auraient-ils, par le sort famille rebutée,
Du noble instinct des arts l'âme déshéritée ?
Il est dans notre sphère, au loin, des régions
Où le jour semble naître et mourir sans rayons ;
Où nul épi ne croît, nul pampre ne s'étale.
Le pôle a, croyons-nous, sa zone végétale,
Aux champs que nous foulons peut-être un sol pareil ;
Mais il faut aux moissons, pour mûrir, un soleil.

Étant mise au repos l'escorte obéissante
Dont il s'honore, à nous un berger se présente.
Beaux à voir, les sujets font un moyen troupeau.
A leur dos, maintenant, comme en un clair panneau,
Traçons, l'homme y consent, l'élément littéraire,
Par têtes divisant ainsi l'abécédaire.
Il en coûtera peu, car d'un laineux flocon,
Tribut de l'animal, s'improvise un tampon.
D'un argileux terrain quelque source voisine
Aura fait de couleur une abondante mine.
On trouve ici pinceau, palette, chevalet ;
Pour notre œuvre autant dire un attirail complet.
Qu'un lisible alphabet soit, par quelque manière,
Toujours présent à l'œil, c'est notre loi première.

De là tout un programme aisément se déduit ;
L'arbre ici sous la fleur laisse entrevoir son fruit.

Le signe, accent muet dont la forme intéresse,
Plus qu'à l'intelligence au sens d'abord s'adresse.
Or, si nous traduisons cette forme en un son,
D'un art nouveau pour lui le berger prend leçon.
Aux penchants de l'instinct alors abandonnées,
Ces toisons qu'en tout ordre on revoit combinées,
Pour rompre, aux champs, l'ennui des monotones jours,
De nos humanités vont défrayer le cours.

Notre lettre a du style, une grâce coquette,
Et fait en toute place office d'étiquette ;
Car, soit-elle à dicter mélodieuse ou non,
Au sujet qu'elle illustre elle reste pour nom.
Tel de ceux-ci qu'au vert trop d'appétit retarde,
Dine-à-l'aise appelé, d'être sourd n'avait garde.
Débonnaire, un temps fut, sous l'injure il plia ;
Mais nul ne l'interpelle, aujourd'hui, que par *A.*
Morille ou *Fleur-d'avoine*, andalouse femelle,
Attend qu'*emme* soi dit, sans rude accent, pour elle ;
Et le chien qu'on aura nommé *Turc* ou *Marteau*,
Objecte à qui lui parle un dorsal écriteau.

Soient donc en route, aux champs, au parc qui les rassemble,
Nos moutons épelés, il faut, quoi qu'il nous semble

Du rustique intellect, et pour son juste honneur,
Que l'alphabet s'y trouve empreint dans sa teneur.
Où deux mois seraient peu, nous en donnerons quatre ;
Vaincre ici peut valoir qu'on les mette à combattre.
Heureux seront peut-être un jour nos paysans
D'avoir ainsi perdu, non des mois, mais des ans.

A chaque effet vocal la figure adaptée
Veut, au gré du hasard par une autre accostée,
Obligeant l'œil, que suit de près l'entendement,
Du groupe syllabique offrir l'agencement.
De l'obstacle, en ce point, nous avons conscience,
Et là d'un moniteur nous plairait l'assistance.
Mais pour notre écolier nous comptons, au besoin,
Sur quiconque à la lettre a voué quelque soin.
Des humaines clartés procurer la victoire
Sur l'ombre qui résiste est œuvre méritoire.
Comme appoint de leçon l'épisode imprévu
Peut, d'ailleurs, d'intérêt n'être pas dépourvu.
Dirons-nous les centons, les gloses, les malices
Que d'un mobile instinct font prévoir les caprices ?
A *Turc*, qui sait comment se garde un champ de blé,
La troupe, en l'évitant, montre écrit : *V-i-e-u-x P-e-l-é !*
Tel groupe, étant de sieste, à part nous donne à lire
Un nom qu'on dit tout bas cher à maître Tytire ;
Tandis qu'avec un flot d'obstinés garnements,
Lui-même il voit du sien sauter les éléments.

Comme effet couronnant notre ingénu système,
Qui ne s'expliquerait quelque émouvant poëme !
Où l'auteur suit sa thèse à bonne intention ;
Au vrai ne saurait nuire un peu de fiction.

Constatons-le, pourtant, la syllabe isolée
S'énonce à texte vu par nous articulée.
Multiple, on la suppose en droit de nous braver.
Mais la gloire, en toute œuvre, est surtout d'achever.
Notre ami voit de près la palme, il s'en croit digne,
Et par le mot, qu'il prend, sort vainqueur de la ligne.

Juste objet de nos vœux qu'il fallait conquérir,
Le livre entre nos mains peut-il enfin s'ouvrir ?
Ne conclus pas, lecteur, par non, mais considère
Qu'au succès l'homme a droit, qui tente et persévère.
Quel libre instinct le joug n'a-t-il pas amendé ?
Quel imberbe amateur de la carte ou du dé
Ne prend leçon par *as, quine, atout, valet, dame,*
Et des points, des valeurs ne s'inculque la gamme ?
Qu'on devrait bien, livrant un vain bagage au feu,
A quelque utile étude associer le jeu !

Faut-il quitter les champs et montrer, dans la ville,
De notre enseignement l'expansion facile ?
La lettre empreinte ici sur l'outil familier,
En l'égayant peut-être, exerce un atelier.

Ailleurs, parlante aussi, se range une vaisselle,
Et l'esprit qu'a l'office en son lieu se révèle.
Mais, grâce aux animaux qui l'importent sans frais,
Notre école inaugure un suffisant progrès.

LA GARDE IMPÉRIALE NE SE REND PAS !

ELLE MEURT !!

Cæsareos nondum ulla viros fortuna subegit;
Cedere nec jubeas stat quibus, ante, mori.
Vel ita legendum :
Adsunt quos nulla, ante, viros fortuna subegit;
Certaque, dum vincis, lex sua cuique mori.

———•———

Paris, Imprimerie PAUL DUPONT, rue de Grenelle-Saint-Honoré, 45 (851—3.7)

PARIS IMPRIMERIE DE PAUL DUPONT
Rue de Genelle-Saint-Honoré, 45.